U0788809

國家圖書館藏古籍善本集成　陳紅彦　主編

明趙琦美家抄本東皋子集

［唐］王績　撰　［明］趙琦美　校

出版說明

文物出版社

出版說明

李文潔

《東皋子集》三卷（唐）王績撰，明萬曆三十七年（1609年）趙琦美家抄本，趙琦美校並跋、錢謙益題簽。（原條目寫為『二十七年』，應為『三十七年』）

王績（約590－644年）字無功，號東皋子，太原祁（今屬山西晉中）人，一說絳州龍門（今山西河津）人，隋末名儒王通之弟。隋大業九年（614年）舉孝悌廉潔科，除秘書正字，出為揚州六合丞，因嗜酒妨職被劾。唐武德五年（622年）待詔門下省，因其兄王凝得罪長孫無忌，不得重用，遂託疾歸里。貞觀十一年（637年），以家貧任大樂丞，未幾掛冠歸里。簡放嗜酒，嘗作《醉鄉記》、《五門先生傳》、《無心子傳》。《舊唐書》卷一九二、《新唐書》卷一九六、《唐才子傳》卷一有傳，生平又見呂才《王無功文集序》。

王績早年干謁求進，然生處亂世，三次出仕皆官職低微，遂有儒道不行之嘆，又以生性簡傲，轉而縱意琴酒、寄情田園。仕途沉浮和歸隱田園也成為他詩歌的主要題材。王績詩文真率質樸、不染浮華，不同於唐初之排偶板滯，對唐代古風、古意之詩有一定影響。

王績卒後不久，其友呂才搜其詩文編輯成集，呂才《王無功文集序》云：『所著詩賦雜文二十餘卷，多并散逸，鳩

訪未畢，且編成五卷。』《舊唐書·經籍志》、《新唐書·藝文志》、《宋史·藝文志》，以及《郡齋讀書志》、《直齋書錄解題》、《文獻通考》均著錄五卷本。然至中唐，經學家陸淳以王績為方外之人，欲見其『心與物冥，德不外蕩，隨變而適，即分而安』之一面而刪汰其集，其標準即陸淳《刪東皐子集序》所云之『故祛彼有為之詞，全其懸解之志』。《宋史·藝文志》著錄有陸淳『東皐子集略二卷』，《崇文總目》著錄的『東皐子集二卷』亦應為陸淳刪節本。明代以來，傳世王績集以三卷本為主，如明萬曆黃汝亨刻本、明崇禎刻本，以及明清抄本六種，而五卷本僅見三種清抄本傳世。

五卷本在數量上較三卷本多出近百首，且在內容上多屬『有為之詞』。故王重民在《敦煌古籍敘錄》中以《全唐文》、《唐文粹》等書中的王績佚文與三卷本比對，認為『依其佚文，與今本內容作比較觀，再衡以陸淳敘旨，而有以知今所傳三卷本，為陸淳刪本無疑也』。

此次影印的底本為明萬曆三十七年趙琦美家抄本。趙琦美（1563—1624年）原名開美，字玄度、仲郎，號清常道人，海虞（今江蘇常熟）人。以父蔭補官太僕丞，官至刑部郎中。聚書於脈望館，損衣削食以借抄讐校，曾抄校《古今雜劇》，以所見書畫輯成《鐵網珊瑚》，又曾刊刻《周髀算經》、《東

坡先生志林》等書。此本凡賦、詩、文各一卷，書首有呂才《東皋子集序》、陸淳《删東皋子集序》，次《東皋子集目錄》；書末附宋祁《新唐書》所載《東皋子傳》、蘇軾《書東皋子傳》，次錄陳振孫《直齋書錄解題》、周氏《涉筆》、晁公武《郡齋讀書志》相關記載，末有《東皋子集附》收崔善為等人和王績詩四首。書中有趙琦美墨筆題識兩處。一為卷中末校語：『己酉三十七年十月十三日漏初下，清常校。』一為蘇軾《書東皋子傳》後識語：『金陵焦太史先生本錄出，校於清溪官舍。旹萬曆三十七年十月十四日漏下初鼓。清常道人。』書中有少量墨筆校改，或即趙琦美所校。但此本卷下第二葉裝訂有誤，此葉之《登箕山祭巢許文》、《祭杜康新廟文》實應接續於第十一葉之後。

據趙琦美識語，知此本從焦竑本抄錄。而明黃汝亨《東皐子集序》云：『焦弱侯先生每向余言：《東皐子集》宜與《陶淵明集》并傳。顧陶集已有善本，而此集獨缺。先生乃出以授予，與予友高孩之相賞莫逆，予乃轉授鮑生元則繕刻之。』則黃汝亨刻本亦本自焦竑。知見所及，吳翌鳳校跋之清抄本、黃丕烈校跋之清抄本亦同出一源。以上諸本中的呂才《序》均謂王績詩文『緝成三卷』，有學者認為『三卷』為『五卷』之誤，然『三卷』之說在這一版本系統内是一致的。三卷本

又有曹荃編定之明崇禎刻本、清孫星衍據余蕭客影宋抄本刊刻之《岱南閣叢書》本，卻與以上各本在篇名、編次上有較多不同，當另有所據或重新編次。

三卷本中，向以此趙琦美家抄本最為人推重。書中僅鈐『鐵琴銅劍樓』，然曾經多位藏書家收藏。錢曾《讀書敏求記》卷四著錄『《東皋子集》三卷』，并謂『清常道人從金陵焦太史本錄出』，當即此本。張金吾《愛日精廬藏書志》著錄，云『舊抄本，趙清常藏書』；瞿鏞《鐵琴銅劍樓藏書目錄》卷十九著錄，云『舊為脈望館藏書，繼歸述古堂』。則此本在明代為趙琦美脈望館舊藏，清初歸錢曾述古堂，又經張金吾愛日精廬，入鐵琴銅劍樓，今藏中國國家圖書館。幾百年來遞相寶守，殊為不易。《四部叢刊續編》曾據之影印，然时隔已久，今之重印，學界可得以更為廣泛和方便的利用，實屬幸事。

策　　劃：莊喜臣

責任編輯：李縉雲　賈東營
責任印製：張　麗

图书在版编目（CIP）数据

明趙琦美家抄本東皋子集 /（唐）王績撰；（明）趙琦美校. -- 北京：文物出版社，2016.10
（國家圖書館藏古籍善本集成 / 陳紅彦主編）
ISBN 978-7-5010-4720-8

Ⅰ. ①明… Ⅱ. ①王… ②趙… Ⅲ. ①中國文學—古典文學—作品綜合集—唐代 Ⅳ. ① I214.212

中國版本圖書館 CIP 資料核字（2016）第 208021 號

國家圖書館藏古籍善本集成

明趙琦美家抄本東皋子集

［唐］王績　撰　［明］趙琦美　校

出版發行　文物出版社
郵　　編　一〇〇〇〇七
地　　址　北京市東直門內北小街二號樓
網　　址　hppt: //www.wenwu.com
郵　　箱　web@wenwu.com
製　　版　常州市彩之源數碼圖像有限公司
印　　刷　常州市金壇古籍印刷廠有限公司
開　　本　十六
版　　次　二〇一六年十月第一版　二〇一六年十月第一次印刷
書　　號　ISBN 978-7-5010-4720-8
定　　價　九六〇圓